Abuelita fue al mercado:

un libro en rima para contar por el mundo

escrito por Stella Blackstone

adaptado al español por Yanitzia Canetti

ilustrado por Christopher Corr

Barefoot Books
Celebrating Art and Story

Abuelita fue al mercado a comprar ¡una alfombra mágica para volar!

Le compró la alfombra mágica
a un señor de Turquía:
hecha con nudos de lana,
¡cuántos colores tenía!

Luego se fue a Tailandia.
Suavemente aterrizó.
Compró dos gatos sagrados.
Puyín y Puchai* los llamó.

* "Puyín" significa niña pequeña. "Puchai" significa niño pequeño.

Después fue hacia el oeste,
y en México, donde el sol brilla,
compró tres bonitas máscaras:
una rosada, una azul y una amarilla.

Parecía que la alfombra mágica
sabía qué rumbo tomar.
Cuatro lámparas de papel*
hasta China fue a buscar.

*el símbolo de la lámpara significa "felicidad por partida doble"

—¡A Suiza! —exclamó Abuelita,
y la alfombra giró obediente.
Allí compró cinco cencerros.
que sonaban graciosamente.

—¡A África! —cantó Abuelita—.
¡Despertemos al sol hermoso!
Y se fueron hasta Kenia,
por seis tambores ruidosos.

Luego se fueron al norte,
donde hay hadas fabulosas.
Y en Rusia pudo comprar
siete muñecas famosas.

—A Australia —ordenó Abuelita—.
En Alice Springs haz escala.
Quiero comprar ocho bumeranes
que regresen volando sin alas.

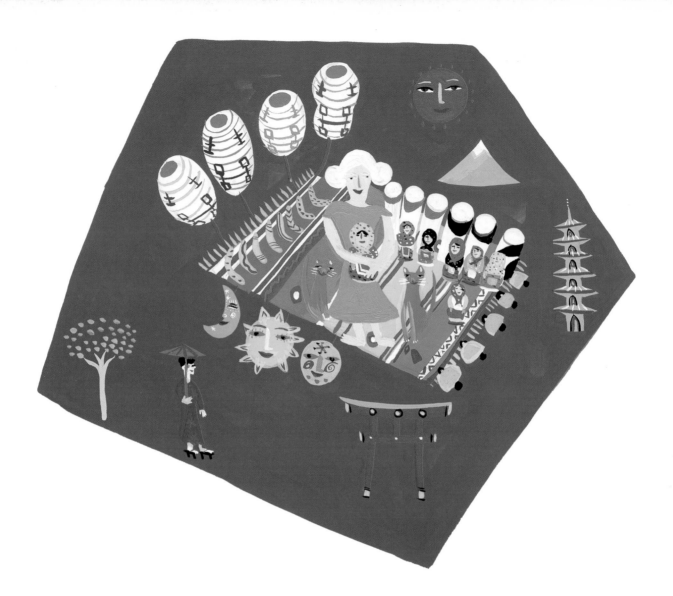

—¡No tengo nada de Japón!
—suspiró y salió con prisa.
Halló en Tokio nueve cometas
que flotaban en la brisa.

En las montañas de Perú
nos encontramos, ¡qué bien!
Allí me dio diez llamas
¡y la alfombra también!

una alfombra 1

dos gatos 2

tres máscaras 3

cuatro lámparas 4

cinco cencerros 5

seis tambores 6

siete muñecas 7

ocho bumeranes 8

nueve cometas 9

diez llamas 10

A Felix — S. B.
A Eva Sugrue, mi abuela — C. C.

Barefoot Books
2067 Massachusetts Ave
Cambridge, MA 02140

Este libro ha sido diagramado en Kosmik
Las ilustraciones fueron creadas en gouache sobre papel Fabriano

Diseño gráfico de Louise Millar
Separación de colores en Grafiscan
Impreso y encuadernado en China por Printplus Ltd

Este libro ha sido impreso sobre papel 100% libre de ácido.

The Library of Congress cataloged the English-language edition as follows:

Blackstone, Stella.
My granny went to market / written by Stella Blackstone ; illustrated by Christopher Corr.
p. cm.
Summary: A child's grandmother travels around the world, buying things in quantities that illustrate counting from one to ten.
ISBN 1-84148-792-9 (alk. paper)
[1. Voyages and Travels--Fiction. 2. Grandmothers--Fiction. 3. Counting. 4. Stories in rhyme.] I. Corr, Christopher, ill. II. Title.

PZ8.3.B5735Mx 2005
[E]--dc22

2004017394

3 5 7 9 8 6 4 2